Story: Nobuaki Kanazawa
Art: J-ta Yamada

Was bisher geschah

Seit Ende des sechsten Befehls ist Natsuko verschwunden. Kazunari sucht sie verzweifelt, doch da gleichzeitig keine Ousama-Briefe mehr gefunden werden, fangen die Dorfbewohner und die Polizei an, Natsuko zu verdächtigen. Die Tage vergehen ohne weitere Briefe. In Yonakimura macht sich Erleichterung breit, dass das Ousama Game vorbei ist. Doch dann entdeckt Kazunari, der allein weiter nach Natsuko gesucht hat, an der Anschlagtafel einen neuen Brief. Der siebte Befehl lautet: »Alle acht Stunden muss eine Person Selbstmord begehen.« Im Falle des Nichtbefolgens wird »eine zufällig ausgewählte Person durch Brechen der Knochen bestraft«... Diesem Befehl, durch den im Verlauf eines Tages auf jeden Fall drei Personen sterben müssen, fallen Koji und Sanae zum Opfer.
Die letzten acht Stunden verbringen die Dorfbewohner wartend voller Angst, als Kommissar Dojima und der Biologe Miyazawa mit der Nachricht erscheinen, dass die wahre Identität des Ousama ermittelt wurde. Sie erfahren, dass der »Ousama« ein neuartiges Virus ist, mit dem nur die Bewohner von Yonakimura infiziert sind. Dieses Virus versteht die Gedanken der Menschen und kontrolliert infizierte Personen. Es besitzt einen einheitlichen Willen, beeinflusst den Körper mittels Angstgefühlen und kann auf diese Weise sogar Menschen töten. Auf Befehl der Regierung werden Polizei und Ärzte aus Yonakimura abgezogen. Das Dorf ist nun komplett von der Außenwelt isoliert...

Die Einwohner von Yonakimura

 Suzuyo Umeda (14)
 Tomoko Umeda (36)
 Yoshie Okada (38)
 Daiki Kanda (10)

 Yuri Kanda (34)
 Tae Kudo (60)
 Michiyo Kondo (57)
 Yuichi Kondo (61)
 Genzo Saito (70)
 Takashi Saito (41)

 Michiko Takeda (74)
 Kyuzo Tanaka (72)
 Sanae Tanaka (24)
 Yuji Tanaka (16)
 Shizuo Fumitaka (63)
 Miyoko Tominaga (87)

 Kazuya Nakamura (12)
 Kazuyuki Nakamura (41)
 Kosaburo Nakamura (71)
 Hisako Nakamura (36)
 Atsushi Hirano (42)
 Michiko Hirano (15)

 Ume Honda (67)
 Kazunari Honda (16)
 Shigeki Honda (44)
 Natsuko Honda (16)
 Yumiko Honda (38)
 Koji Maruoka (51)

 Shuhei Maruoka (24)
 Suzuko Mikami (9)
 Fumiko Mikami (36)
 Ryuji Mikami (15)

23 Opfer
9 Überlebende?

INHALT

Kapitel 21	005
Kapitel 22	038
Kapitel 23	069
Kapitel 24	099
Kapitel 25	133

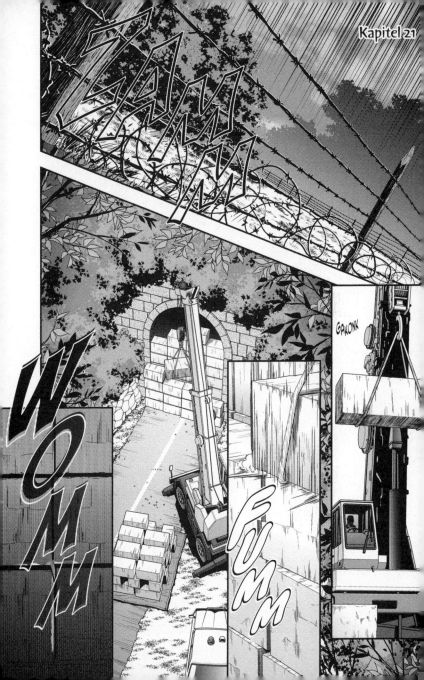

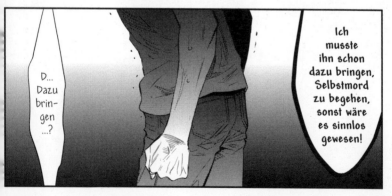

Ich weiß nicht, was wir machen sollen, aber...

Verdammt!! Das ist doch absurd!!

... Michiko hat das Leben eines anderen Menschen geopfert, um ihr eigenes zu retten und das war falsch!

Das war auf jeden Fall falsch...

Kapitel 21 / Ende

Kazuya...

... sag es mir bitte...

Jetzt, wo die Polizei weg ist, müssen wir ihn finden...

... wenn der Brief bis jetzt noch nicht gekommen ist...

... dann wird er bestimmt an die Anschlagtafel gehängt.

... und dort bemerken wir ihn am ehesten...

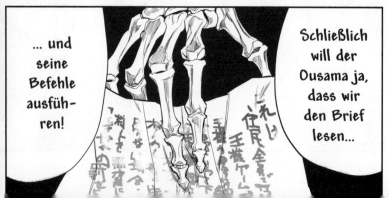

... und seine Befehle ausführen!

Schließlich will der Ousama ja, dass wir den Brief lesen...

Kapitel 22 / Ende

Dies ist das Ousama Game.
Es wird von allen Dorfbewohnern gespielt.
Die Befehle des Ousama sind absolut,
also befolgt sie bitte innerhalb dieses
Tages. Aussteigen ist nicht möglich.
Befehl 8:
Kazunari Honda, Michiko Hirano
und Shuhei Maruoka müssen jeder zwei
Dorfbewohner töten. Wird der Befehl
nicht befolgt, werden sie mit dem Tod
durch Häuten bestraft.

Kapitel 23

Shu-hei...

Meinst du nicht ...

... dass unsere momentane Lage die gleiche ist?

Weil er selbst gestorben wäre, wenn er es nicht getan hätte.

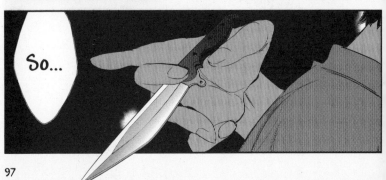

Was soll ich nur tun...?

Um zu überleben, müsste ich... zwei Dorfbewohner töten...

Aber ich kann das nicht...

Du hast nicht vor, zu überleben, deshalb verstehst du das nicht!

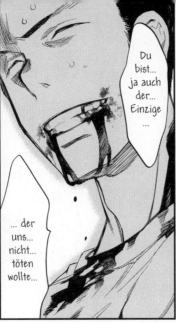

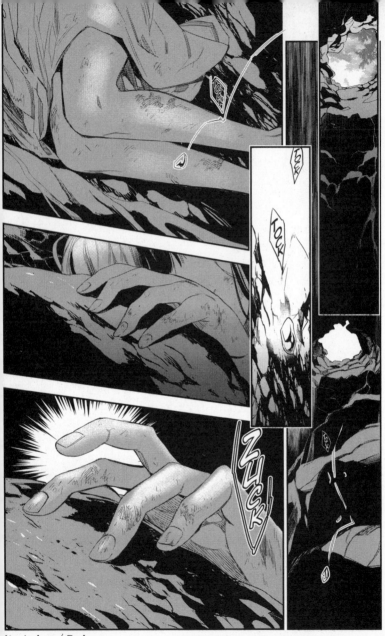

Kapitel 25 / Ende

Für welche Zukunft entscheidet sich Kazunari, während das Dorf auf seine Vernichtung zusteuert?

Der Beginn der ganzen Tragödie erreicht das Finale!!

Band 6 erscheint im April

DIE TITANEN: SIE SIND VIELE!

www.carlsenmanga.de

DER FLUCH DES SCHWARZEN KOBOLDS

Zunächst sind es nur einige dunkle Flocken, die vom Himmel auf Tokyo herabrieseln. Dann bebt die Erde und eine schwarze Flut verschlingt die Metropole. Allein im 42. Stock eines Wohnhauses gibt es Überlebende. Aber sind Yoshiko, ihre beiden Freundinnen, ihr Onkel und einige andere dubiose Bewohner wirklich von dem Inferno verschont geblieben oder sind sie selbst die Opfer eines nicht vorstellbaren Horrorszenarios, das weit in der Zukunft liegt?!

Yugo Ishikawa | **Sprite** | ISBN Bd. 1: 978-3-551-72752-7

Dies ist die letzte Seite des Buches!
OUSAMA GAME ORIGIN ist ein japanischer Comic. In Japan liest man von »hinten« nach »vorn« und von rechts oben nach links unten, also einfach spiegelverkehrt. Wie's funktioniert, siehst du an der abgebildeten Grafik. Schlag das Buch also auf der anderen Seite auf! Viel Spaß mit **OUSAMA GAME ORIGIN**!

CARLSEN MANGA! NEWS ◆ Aktuelle Infos abonnieren unter www.carlsenmanga.de ◆ www.carlsen.de

CARLSEN MANGA ◆ Deutsche Ausgabe / German Edition ◆ © Carlsen Verlag GmbH · Hamburg 2018 ◆ Aus dem Japanischen von Antje Bockel ◆ OUSAMA GAME KIGEN Vol. 5 © J-ta Yamada, Nobuaki Kanazawa 2013 ◆ First published by Futabasha Publishers Ltd. in 2013 ◆ All Rights Reserved. ◆ The German language edition published by arrangement with Futabasha Publishers Ltd., Tokyo through Tuttle-Mori Agency, Inc., Tokyo ◆ Redaktion: Philipp Nakata ◆ Textbearbeitung: Steffen Haubner ◆ Herstellung: Gunta Lauck ◆ Alle deutschen Rechte vorbehalten. ◆ ISBN 978-3-551-71959-1